断薬の決意

藤家寛子

花風社

【薬】

それを体内に摂って著しい威力を発揮する物質。特に病気、傷をなおすため、のんだり塗ったり注射したりするもの。

（岩波 国語辞典より）

目次

第一部

なぜ服薬したか

薬漬けの子ども時代

体の弱い子ども時代、よく病気をした。

風邪はしょっちゅうかかるし、インフルエンザもならなかったことの方が少なかった記憶がある。

いつも抗生物質をのんでいたので、歯にはうっすら層ができた。

私の歴史は投薬の歴史。

それでも、毎日服薬することはまだなかった。

そんな状況が変わり出したのが中学に上がる少し前からだ。

学校でのいじめや、家庭における不和が原因で、私はひどく胃の不調を抱えることになってしまった。

ストレスによる胃潰瘍症状。

そのため、大量の胃薬を服用するようになった。

胃酸を抑える薬をのんでいたが、当時から常用はダメだと言われていた。

しかし、のまなければのたうち回るほど胃は痛み、服用回数は常用に限りなく近かったと思われる。


中学の三年間はしっかり、ほぼ毎日胃薬をのみ、何とか生活をしていた。

バリウム検査や胃カメラは定期的に行った。

万年、潰瘍が私の胃をむしばみ、吐き気と痛みで年々弱っていった。

高校に入っても、胃の痛みは増していく。

家族とは修復不可能なくらい仲たがい。

さらに、精神的な症状にも襲われるようになった。

たらいまわしのスタート

扁桃腺肥大で、風邪をひくと熱を出しやすかったので、それまでは耳鼻咽喉科がメインだった私の病院通い。

しかし、中学に入る頃には内科の受診率が急上昇した。

やはり圧倒的に多かったのは消化器内科だった。

胃の不調は年々ひどくなる一方。

隔週で病院に通っていたような気がする。

私が通っていたのは街にある小さな病院だった。

設備も整っておらず、診察もあまり丁寧ではなかった。

一番問題だったのは、胃潰瘍以外の診断が何ひとつ下りないことだった。

こんなにも自覚症状だらけなのに、検査ではどこも異常がないのだ。

度重なる頭痛に悩み、脳神経外科に出向いたが、ＣＴをスキャンしても異常は見当たらなかった。
呼吸ができなくなり、呼吸器内科に足を運んだが、何の問題もないと言われた。
心臓付近の痛みを理由に、循環器内科を受診したこともあった。
だけど、どこにもトラブルの種は落ちていなかった。

「原因は分かりません」
誰もかれもそう言うだけ。
私は色々な病院をたらいまわしにされ、検査に明け暮れた。
そして、街の病院ではらちがあかないと大学病院を受診することになった。
時は流れ、高校生になっていた。
最初に総合内科にまわされ、何時間も診察の順番を待った。
総合内科から消化器内科に送られ、さらに順番を待つ。
気が遠くなりそうな時間を病院で過ごした。

ようやくまわってきた順番。

診察室に通されると、優しそうな先生が私を持っていた。
前の病院で胃潰瘍と診断されたことを告げると、ごく自然に、先生が尋ねた。
「悩み事がありますか?」
それまで、誰一人として聞かなかった質問だった。
先生には、おや? と感じることがあったのかもしれない。
だって、子どもはあまり胃潰瘍なんてならないだろうから。

私は初めて病院で泣いた。
家庭の状況。
相容れない父との関係。
時々手をあげられることや、誰も助けてくれないこと。
小学校からずっと続いているいじめ。
すべて話した。

先生は、胃の通しの検査をオーダーしたあと、母を中に入れるように看護婦さんに言っていた。

そして、母が診察室に入ると、状況を説明して精神科を受診するようにすすめていた。

私の症状は自律神経失調症で、ストレスにより潰瘍ができているらしかった。ようやく診断が下った。

まさか、精神の病だったなんて。

結局、私はその日のうちに精神科にかかることになった。

向精神薬の恐ろしさ

初めての精神科だった。

まさか、娘が精神を病んでいるとは思っていなかったのか、母は戸惑っていた。あとになって尋ねた時、精神科に付き添うのはやはり恥ずかしかったと言っていた。

無理もない。
精神科に通院するということ自体がまだメジャーなことではない時代だった。
その頃にはかなり症状は進み、私はウツやパニック障害を患っているらしかった。
すでに何度も発作を起こして救急車で運ばれた経験があった。
診断結果は極度のウツ。もちろん、パニック障害も確定した。
そこから、私の、向精神薬とのお付き合いが始まる。

不眠を抱えていたので、すぐさま睡眠剤が処方された。
何日も眠れない日々が続いていたので、やや頭がおかしくなっていた。
私は喜んで薬をのんだ。
眠りたい一心だった。
遠い昔に経験した、ぽわんとした自然な眠気。
それを味わえなくなって、どれくらいの月日が経っただろう。

私は、期待していた。
ゆっくりと脱力し、床につくのだろう、と。
しかし、襲ってきたのはすさまじい具合の悪さだった。
薬をのんで一〇分程度。
目の前が真っ暗になった。
目がまわる。
私は勢いよく床に倒れ、意識を失った。
次に目覚めると、私はベッドの中にいた。
前の晩の記憶はなく、寝覚めはすこぶる悪かった。
でも、眠れたのは確かだ。
それ以降は、あらかじめ布団に入ってから薬をのむようになった。
すでに横になっているから倒れないだけで、服薬時の気分の悪さは変わらなかった。

しかし、眠れないことと、服薬したあとの気分の悪さを比較すると、圧倒的に前者を避けたかった私は、睡眠剤を選ぶよりほかなかったと思う。どんなに副作用がひどくても、薬をやめようとは思わなかった。

高校時代にのんでいた薬の名前は詳しく覚えていないが、数種類あったように記憶している。

どれも私には強すぎたようで、すべての薬で副作用に悩んだ。覚えているものでは、ドグマチールやテトラミド、セルシン。ドグマチールは胃潰瘍や十二指腸潰瘍の治療薬として承認されていて、私は長い間のんでいた。

吐き気がものすごく、私はしょっちゅうトイレに顔を突っ込んでいた。

たくさんのんでいた薬の中でも、ベンゾジアゼピン系抗不安薬のセルシンは、一番相性が悪かった記憶がある。

セルシンをのむと、必ずと言っていいほど、幻覚というか、妄想というか、そういう錯覚に襲われた。

就寝前に服用する。

すると、必ず毎晩のように、足元から誰かが這って出てくるのではないか、という感覚に襲われていた。

例えるなら、「貞子」だ。

長い髪の毛を足にまとわりつかせながら、ゆっくりゆっくり、少しずつ這い上がってくる。

誰かが、布団の中にいる。

そういう感覚が、毎晩私を襲った。


髪の毛がまとわりつく感覚は、ムズムズ脚症候群に近いものがあった。

何度も布団をめくって、中に誰もいないのを確認する。

だけど、本当に感じる誰かの気配。

「誰かいるの？　誰!?」

私は暗い天井に向かって、そう叫び続けた。

声に気づき、母が部屋に入ってくることもあった。

私は必死に誰かが布団の中でもぞもぞしていることを訴えた。

だけど、実際には誰もいない。

私は何度か痙攣を繰り返して、眠りに落ちていく。

毎晩、その繰り返しだった。

意識障害があったのも、これらの薬のせいかもしれない。

服薬へのハードル

そんなトラブルに見舞われながらも、私は投薬治療を続けた。

当時の医者は、当たり前のように薬を処方したし、私の服薬へのハードルはとても低かった。

むしろ、薬に感謝さえしていた。

少なくとも、それらの処方薬をのみさえすれば、眠れる。

実際には、「意識を失う」と説明した方が近いのだろうけれど、薬をのめば、知らない間に朝が訪れるのだ。

それほどまでに不眠が怖かった。

これ以上、眠らずに朝までの数時間を一人きりで過ごすのは、耐えられそうになかった。

もう、狂っていたのかもしれない。

そうでなければ、あんなに副作用の激しい薬をのみ続けるなんてことはできなかっただろう。


高校の三年間、真面目に薬をのみ続けた。

そのせいで、日中の過眠や吐き気、めまいに襲われる日々を送った。

吐き気だけではなく、嘔吐することもよくあった。

どの薬も、上限ぎりぎりまで処方された。

相変わらず、入眠の際の幻覚は続いていた。

薬をのむから誰かが足元を這うのか、それともこれが精神症状の一種なのか、分からなくなっていた。

副作用も激しく、服薬したからといって現状は全く改善しない。

むしろ、薬をのめばのむほど悪化している気さえした。

そんな状態でも、私は学校を卒業し、大学に進学することになった。

家を離れれば、家族から離れれば、私の精神症状は落ち着くかもしれない。

そう判断したのは、主治医だった。


ひとつだけ不安だったのは、それまで複数の薬を最大量でのんでいたにもかかわらず、一気に断薬になったことだった。

徐々に減薬しましょう、という話にはならなかった。

当然、中断症状なるものがあるということさえ知らなかった。

医者からの詳しい説明もないまま、私はきっぱりと薬をやめた。

そして、私は新天地での生活を始めることになった。

再び精神科へ

大学進学を機に、一端通院をやめた私は、薬も一切のまなくなった。
今思えばその中断症状だったのだろう。
再び不眠に陥り、不安も強くなった。
入学から二か月。
色々なことが我慢できなくなり、私は別の病院の精神科を受診した。
それが、今も通う病院の精神科だ。
たった二か月あまりの断薬期間を経て、私はまた薬をのむようになった。
この時分は、ルボックスという薬をのんでいた。
ルボックスは日本で最初に発売されたＳＳＲＩであった。
だが、正直、薬がちゃんと効いていたのかどうか、私には分からなかった。
常にある不安感。

気分には波があり、現状維持をしているようにもみえるが、一向に良くはならないのだ。

しかし、考えようによっては、やる気は復活していたかもしれない。

パニック障害により、人ごみに入ることができなくなっていた私だが、その頃からリハビリをするようになったからだ。

通院した日は、必ず帰りにショッピングセンターに立ち寄った。

本屋さんやＣＤショップで短時間過ごし、外食する。

母と一緒に少しずつ外で過ごす練習をしていた。

月に二回。

落ちついている時もあれば、人ごみに混乱し、脂汗がだらだらと出る時もあった。

大学に通いながら投薬治療を続けたが、睡眠剤のせいか朝起きられないことが多かった。

講義に途中から参加したり、休んだりした。

ただでさえ体力はなく、慣れない一人暮らしで疲労困憊。

気力だけで過ごしている感じだった。

吐き気とめまい。

襲ってくる副作用。

通院のため、大学と実家を行ったり来たりしながら過ごしていたので、体力はさらに奪われていった。


途中で減薬しようという話になったことはない。

薬は増える一方だった。

このまま、一生服薬し続けるのだろうか？

不安な気持ちがよく襲ってきた。

せめて、副作用がなくなればいいのに。

泣きながら、薬なんてのみたくないと母に訴えたこともあった。

だけど、実際には薬なしに生活は成り立たなくなっていた。

大学は結局中退した。

その頃に出会った薬が、パキシルだった。

パキシルはのんでみると、それまでのんでいた薬より、吐き気やめまいが少ないように感じた。

気分も落ち着いたし、何より不安にかられることが減ったように感じた。

だから、パニック障害による発作がぐっと減り、リハビリにも精を出すことができた。

ハルシオンもこの時分に出会った。

他の睡眠剤より、私には適していたようで、のんだ後の不快感もあまりなく、わりと穏やかに眠りにつけるようになった。

だが、この不快感のなさは安易な薬の連用につながってしまったかもしれないと、今は思う。

高校時代のような強い副作用がずっと続いていたら、もっと早く断薬したいという気になっていたかもしれない。

とにかく、パキシルやハルシオンをのむことで私の症状はひとまず落ち着いた。

第二部

服薬の現実

依存のはじまり

パキシルはSSRIに分類される抗うつ薬で、主にセロトニンの働きを高める作用が期待できるという。

二〇〇〇年に発売になったのと同時に、私は服用を開始した。

その頃、私はまだまだウツがひどかったし、様々な不安障害も抱えていた。

先生がこの薬を処方したのは、その時のベストな選択だったように思う。

事実、それまでのどの薬より副作用は少なかった。

また、気分の変動も少なくなったように感じていた。

一方のハルシオンは、以前のんでいたセルシンと同じ、ベンゾジアゼピン系の睡眠導入剤だ。

私は〇・二五ミリを二錠のんでいた。

セルシンのような不快感はなかったが、ハルシオンをのむと毎晩決まって一過性前向性健忘を起こすようになった。

前向性健忘を起こすと、ある時点から以降の記憶がなくなってしまう。

服用後のある一定期間、記憶がすっぽりと抜け落ちるようになってしまった。

そして、必ずあることを繰り返すようになった。

それは、入眠前にあらわれる過食だった。

記憶はないのに、食べ荒らした痕跡が方々にみられた。


すでに薬は手放せなくなっていた。

少なくとも、睡眠導入剤に関しては、依存が始まっていた。

ハルシオンに関しては、そういう気持ちがあった。

これをのまなければ、私は眠れない。

ただ、そういう状態はまずい。

心の中で、葛藤しながら毎日服用していた。

ハルシオンは、酔っ払いのような状態になるという副作用があった。

だからなのか、のむことに罪悪感を持っていた。

依存しつつあるので、なおさら危険性を感じていた。

だが、本当にまずいのは、パキシルの方だったと思う。

大きな副作用もなく、気分は安定していたため、服薬をやめる気が全く起きなかったからだ。

謎の過食

それからしばらくの間は、それらの薬の服用が続く。

コロコロと薬を変えていた高校時代とは違い、この頃の投薬は安定していた。

その時期、薬をのむと、不思議な症状に襲われるようになっていた。

それは、異常なほど食欲が増すことだ。

しかも、寝る前に、だ。

普段は食事をほとんど受け付けず、ご飯が食べられないという悩みを抱えているのに、就寝前に薬をのむと、恐ろしいほどの食欲モンスターになるのだ。

果物やパン。

時々、スナック菓子をむさぼるように食べる。

すると、奇妙なくらい気持ちが落ち着いて、すやすやと眠ることができた。

しかも、そのことを全く覚えていないのだった。

翌日、空になったお菓子の袋が枕元に散乱していて、ようやく、前の晩も自分が食欲お化けになったことに気づく。

記憶が途切れるほんの数秒前まで保てていた理性が瞬時にどこかに飛んでいき、薬が完全にまわった状態になると、食欲を止められなくなっていた。

二〇代に入ったばかりで、過食を続けても特に体型の変化はなかった。

むしろ、限定的とはいえ、食べられるようになってよかったとさえ思った。

だが、それも何年も続くと、徐々に罪の意識を感じるようになっていった。

この過食は、十数年にわたって続くことになる。

のちのちこのことが自分を苦しめる原因になるとは、まだ思っていなかった。

不安な日々

なんとか通い始めた大学だったが、薬漬けの状態で学生生活を維持するのは無理があった。

朝起きられない。

講義に出られない。

そういう状態が長く続いた。

何より、一人暮らしの生活を続けていくことが限界に達しようとしていた。

大学をやめたいと父に願い出たのは、半年以上悩みぬいたあとだった。

せめてどこかへ編入できるように、二年生が終わるまでふんばる。

それを条件に、父から中退の許しを得た。

悔しくても、悲しくても、どうにもできない現実が私の目の前にはあった。

大学を中退したあとは、実家で病気療養をしていた。

薬で安定してきたとはいえ、テンションは低く、軽度のウツを発症している状態。

決して快方には向かわず、「悪くない」という現状維持が続いていた。

妹は、その頃大学受験を控えていたし、父も相変わらず仕事の鬼。

実際のところ、私のことに向き合ってくれているのは、母だけだった。

そんな母も、家のことがある。

仕事もしていた。

だから、大半の時間は、ベッドの上で一人きりで過ごしてきた。


朝、みんなが家を出る時間帯には、私はまだ寝ている。

睡眠剤を使って寝るので、どうしても朝の目覚めは悪く、目を開けてもしばらく、けだるさから起き上がることができない状態だった。

ベッドの中でゴロゴロしていると、昼近くなってくる。

ベッド脇に母が用意してくれていたおにぎりに手を伸ばし、私は横になったまま食べることが多かった。

その時の冷めたお米のにおい、海苔の感じをよく覚えていて、今でも冷たくなったおにぎりを食べるのは苦手だ。

どうしても、その頃の記憶がよみがえってしまう。


昼になると、市役所から「イエスタデイ」の音楽が流れる。

もそもそと起き出し、ようやくはっきりと目が覚める感じだった。

放送大学に編入していたので、昼からは少し勉強をしていた。

テキストに向かっている間だけは気が紛れたが、以前のようにうまく集中することができなくなっていた。

途切れ途切れの集中力で勉強を終えると、昼過ぎのワイドショーが始まる時間帯になる。

私は、そういうのをよくみていた。

テレビをみるくらいしか、時間をつぶす方法がなかった。

その頃、時間が過ぎて行かないのは大いなる恐怖だった。

ちらちらと時計を見ても、針は一向に進まない。

ずっと見ていると、動悸がしてくることがよくあり、悪いパターンにはまると、そこからパニック発作を誘発していた。

夕方が近づいてくると、情緒不安定になることが多かった。

気分がそわそわして、早く母が帰ってこないかと焦る気持ちが積み重なる。

そういう時、私はマッサージ椅子に座ることにしていた。

マッサージの時間は、十五分。

椅子に座っていれば、確実に十五分は過ぎるからだ。

何度も何度も、繰り返して座ることがあった。

そうやって、十七時が来るのを待った。

毎日、その繰り返しだった。

薬に対する慣れ

これではいけない。

つきまとう焦燥感があり、自分を追いつめてしまったと思う。

私の体調の悪さは、ピークに達しようとしていた。

そんな時、何かと安心できるお守りだったのが、皮肉なことに薬だった。

薬さえあれば、何もかも大丈夫な気がしていた。

子どもの頃に抗生物質をのみ過ぎて、「薬は怖い」と思っていたし、その恐ろしさも十分理解していたはずなのに、私は薬に依存していたのだ。

心身共に、蝕まれていたのだと思う。

もはや、薬なしに生活することは考えられなかった。


でも、当時はそれを悪いことだとは思わなかった。

安定が何より最優先で、そのためなら薬だろうが何だろうが、のむしかなかった。

通常のむ薬と、頓服。
出かける時には、いつも頓服をカバンの中に忍ばせていた。
そうしなければ、安心して出歩けなかった。

精神科にかかって、すでに五年以上が経過していた。
一体いつまで通院が必要なのか?
というより、治ることはあるのか?
絶望の淵で、私はさまようしかなかった。
二〇歳を過ぎ、焦りは最高潮。

窓の向こうに時々現れる死神の姿。
幻覚に他ならないのだが、私には確かに見えていた。
死にたい人間なら、世の中ごまんといるではないか。
なぜ私を選んで、後ろをついてくるのか。
怒りと悲しみが複雑に絡み、でもどこにもぶつけようのない感情を、私は持て余していた。

闘病は激しさを増していった。
解離が強く現れ、家庭は崩壊寸前だった。
薬を変えては戻し、変えては戻しの繰り返し。
膠着状態は長く続いた。
もう、乗り越えられないのではないか、と思うことが度々あった。
その度に、薬を増やし、なんとか対応する。
そうやって、翌日に命をつなぐしかなかった。

季節に左右される精神

季節によっても、私の自律神経は左右された。
春は致命的に弱かった。

草木が萌える時期は、調子がいいことが一度もなかった。
生まれてから一度たりとも、だ。
何かが芽吹く空気感が苦手で、形容しがたい感覚が身体を包み込む。
決して脱ぎされないその感覚が気持ち悪く、春は何かと体調を崩していた。

しばらくの新緑の季節を通り過ぎると、梅雨がやってくる。
このじめじめした感じは、今も得意ではない。
体調がすぐれないとイライラが募り、そのせいでパキシルのミリ数は増えていった。
年間を通してウツが続いていた。
ウツは落ち込むだけではないらしい。
すぐイライラするのも、一種のウツであるらしかった。

私は常にイライラしていた。
理解してくれない父に。

助けてくれない母に。

困難のない妹に。

八つ当たりもいいところだった。


自己嫌悪に陥り、精神的にボロボロになった。

でも、頭にくることは山のようあり、葛藤を繰り返していた。

両親は彼らなりに必死で私に付き合ってくれていた。

特に母は、命を懸けて私の闘病に向き合ってくれていた。

それなのに、私は認めようとしなかった。

彼らが精一杯やっていることを認めたら、自分が悪者になるのではないかと思っていた。


こんなに一生懸命尽くしてくれているのに、一向に満ち足りない心。

ヒステリーの発作を抱え、私は周囲に当たり散らしていた。

自分でも止められないそれらの症状を、母は全身で受け止めてくれた。

傷だらけになって、私に接していた。
私はみんなに辛く当たる自分を、醜いと思っていた。
わがままで、すべての精神症状が出ているのだと言われているような気がしていた。
精神を病んだのは、家庭内不和が理由だった。
原因を作った家族が、今では何より優先して、私の世話をしてくれている。
それなのに、許すことができないのだ。

私は悪くない。
私は絶対に悪くない。
そう思えば思うほど、家族を受け入れられない自分が悪者に思えた。
いつしか、悪いのはすべて家族だという考えが頭の中を支配した。
だから、両親が献身的に面倒見てくれていることを認められなかった。
そんな状態になっていても、薬をのむと、なんだか落ち着くのだった。

すべての不安を、ないものにできた。
色々なことが気にならないようになるのだ。
だから、手放せなくなってしまった。
すでに、パキシルをのみ始めて数年経っていた。

発達障害

一方、パニック障害の方は二〇歳を超えたあたりから、だいぶ軽減されていった。
もちろん、一生懸命リハビリを続けたし、当然服薬のおかげでもあったと思う。
人ごみの中で発作を起こすこともほとんどなくなっていた。
だから、当時編入していた放送大学の学習センターに通えるようにもなった。
電車で一時間。
一人でも出かけられるようになった。
不安定ではあったが、大学時代に比べれば、改善しているように思えた。

悪い日は徹底的に悪い。
ほどほどの日もある。
体調には大きな波があった。
やたらと眠気が襲い、一日中眠る日もあった。
荒れ狂うと手が付けられなくなり、母に罵声を浴びせ、手をあげることさえあった。
自分でも、どうしたらいいのか分からない。
しかし、相変わらず理由の定まらない怒りが私を支配していた。

二〇〇二年頃になると、頻繁に解離が起こるようになった。
でも、それは限定的な場所でしか起こらず、主治医の知る範疇にはなかった。
もう一人の私は、自分以外の人間を敵視していた。
誰にも心を開いていなかった。
それは、私を守るためであった。

人との関わりの中で嫌と言うほど傷つけられた私だったが、それでも人との関わりを求めていた。

何度となく壁にぶち当たり、砕かれる。

それを繰り返して生きてきた。

心のどこかでは、もうこんな風に生きていくのは嫌だと思っていたのだと思う。

そんな思いが強くなってきたあたりから、私はよく解離するようになっていた。


誰とも関わらず孤独でいることは、自分を守ること。

もう一人の自分はそう思っていた。

そうやって、私を他人から遠ざけていた。

もう一人の私は、鎧のように私を守っていた。

嫌なことがあっても、鉛の体で痛みを吸収し、私まで届かせなかった。

自分以外の誰も信じず、決して心の中をのぞかせない。

本当の私を守るには、そうするより他に手立てがなかったのかもしれない。

もう、誰にも傷つけさせない。

そのためには、敵視だろうと何だろうとやる。

それが、もう一人の私だった。


何がきっかけだったかもう忘れてしまったが、ある日、先生の前にもう一人の私が突然出現したという。

本来の私が主治医のことを心から尊敬していたことは、彼女が姿を現した大きな理由のひとつにはなるだろう。

そんな出来事があり、私には解離がみられると判明した。

さらに、その解離に仕方にも特徴があると主治医はみていた。


一般的な解離では、何らかの感情が一定の限度を越えた時に、スイッチが切り替わるように交代人格が出現するという。

でも、もう一人の私は、突然現れた。

もともと、自分で作り上げた人格を利用して、辛いことや苦しいことを回避しながら生きてきた私の症状は、解離性同一性障害としては典型的ではないらしかった。

交代人格との会話の中で、先生はいくつかの発見をしたようだった。

腑に落ちると落ち着く。

情緒より、理屈で理解する。

そんないくつかの思考の特性があり、そしてそこからある可能性が浮上した。

もしかしたら、私の不調の背景には、発達障害があるかもしれないというのだ。


「発達障害」

初めて耳にする言葉だった。

当時は、自閉症の親戚のような障害だと説明を受けた。

私は発達検査というものを受けることになり、その結果、発達障害という診断がついた。

強いこだわりや社会とのすれ違いは、発達障害の特性が理由で起こっていたことだったらしい。

そして、私はひどい二次障害をこじらせているらしかった。

自分を苦しめていた何かが姿を現した。

そのことに安堵はした。

でも、だとしたら、私はずっと薬と付き合っていかなければいけないのだな、とショックな気持ちも襲ってきた。

心の中は複雑だった。

いつまでのまなければいけないのか？

当時、発達障害は脳の機能障害といわれていて、治らないことにされていた。

主治医は、「一生治りません」とは言わなかったが、色々な専門書を読んで、その障害が一生ものだということを知った。

私は感覚過敏もひどかった。

どうやら、一生をかけてうまくお付き合いしていくしかないのかもしれない。

あきらめにも似た気持ちが心の中をうろついた。

でも、その状態だって最上級の頑張りをみせることは可能だ。

とにかく、私は現行で足を引っ張っている二次障害を何とかしようと思った。


ウツや睡眠障害が治れば、薬とバイバイできる。

打倒、二次障害。

そうなってしまったことを悔やんでも仕方がない。

なってしまったなら、治せばいい。

今も昔も変わらず、私はそう感じるのだった。


そうはいっても、長く患っているウツを克服するのは容易なことではなかった。

発達障害だと分かっても、不調の原因はいたるところに落ちていて、むしろ、発達障害だと分かったがために、前よりも敏感に反応することが多かったような気がする。

些細なことに、私は発達障害だからこう感じるのかもしれない、と思うようになってしまった。

以前なら、「私はこう感じる」ですんでいたのに、いちいち「発達障害の私」が前面に出るようになってしまった。

だから、私の場合、診断を受けたことで起こる弊害も多かった。

それは、今だからこそ分かることだ。

うまくいかない理由が分かったことはいいことだったが、なんだか私は、できない理由を発達障害のせいにしているようで、気分が悪かった。

そういう気持ちを抱えながら生活していたからなのか、ウツは一向によくならなかった。

一時期よりも薬は減ったものの、まったく服用せずにすむ、という状態には程遠かった。

しかし、執筆活動を始めたのをきっかけに、私はだいぶ浮上した。

十人十色の発達障害。

ひとつの症例だとしても、真実を伝えられる機会を手にしたことは、素直に嬉しかった。

私には目的があった。

それは、障害を言い訳にせず、社会に歩み寄って生きていくことを伝えることだった。

だから原稿を書き進めるたびに、社会に一歩ずつ近づいていっているような気分になった。

まだ気分にはばらつきがあったが、それなりに対処していた。

ウツの波が襲ってくるのなら、その波乗りさえ上手になればいい。

私はそう考えた。

そして、どうやれば波に飲み込まれずにすむかを一生懸命模索した。

胃薬との別れ

発達障害が判明して、一番先に減ったのは胃薬だった。

それまで、胃薬は常用に近かった。

消化剤とかではなく、胃酸を抑える薬だ。

頻繁に買いに行っていたので、薬剤師さんに目をつけられていたかもしれない。

いつも、ビクビクしながら薬局に通っていた。

四六時中胃痛を抱えていた私だったが、発達障害の告知を受けてからは、だいぶ胃痛から解き放たれた。

それは、うまくいかないことへの対処法が見つかったからかもしれない。


普通のやり方ではうまくいかないけれど、少し手を加えればやれることがある。

少し遠回りだけど、やり遂げられる方法を見つけた。

それが、心に余裕を生んだのかもしれない。

例えば、家族との会話ひとつにしても、言葉の裏には他の意味が隠れているかもしれないと気づけるようになった。

私は人の気持ちを汲むのが極端に苦手だった。

母は「〇〇しておいてくれたら嬉しい」とか「〇〇しておいてくれたらありがたい」と言うことが多かった。

それは、私にもやることがあって忙しいだろうけど、やっておいてくれたら助かる、ということだったらしい。

つまりは、やっておいてほしいという意味だったのだ。

遠慮して遠回しに表現していたその言葉を、私は一度たりとも汲めた経験がなかった。


やってほしいなら、「しておいて」と言えばいい。

その方が分かりやすい。

昔の私はそう思っていた。

「～たら」なのだから絶対ではない。

だから、私は滅多にやっていなかった。

やっていない私に、母はがっかりする。

がっかりされるいわれのない私は私で、「そっちの日本語がおかしいからだ」と文句をつけていた。

言い方も生意気だったと思う。

それから、母がよく言う「ふつう、やっておくよね？」という言葉も癪に障った。
ふつう、って何だ？
私がふつうじゃないと言いたいのか？
私はそう思うだけではなく、実際に口にしていた。
どんどん会話はずれていき、食ってかかる私に母は無言で立ち去ることが多かった。

ちょっとした会話の行き違いで、私は狂ったように怒り出していた。
ふつうならやっておく。
母の言葉に深い意味はなかっただろう。
言葉の裏を読めないくせに、深読みはする。
それが私の特性だった。

自分が陥りやすい思考を理解した上で、私は相手が発した言葉をそのまま受け取らないように訓練した。

言葉の持つ色々な可能性を探るようにした。

そのおかげで、意思疎通は前より格段にできるようになっていた。

ケンカになった時に父が発する、「うちから出ていけ！」という言葉も、勢いにまかせた売り言葉なのだということを覚えた。

出ていってほしいくらい腹が立っている、ということらしい。

本当に出ていけと思っているわけではないという。

だから、「上等だ、クソ親父！」という買い言葉を返すより、一応謝って、静かに部屋を出ていくのが正解に近いということを学んだ。

父との仲がこじれないだけで、私の不調は驚くほど減った。


概ね、私の不調の原因は家族との仲たがいだった。

ともに修羅場を乗り越え、私たちの絆は明らかに強くなっていた。

家族に対してイライラすることも、孤独を感じてしゅんとすることも減り、胃がキリキリと痛むことはなくなった。

発達障害と分かり、一番初めにお別れしたのは、胃腸薬だった。

現状維持

執筆をきっかけにして、私は外の世界と密に関わるようになった。

講演の仕事をさせてもらったり、取材を受けたりすることが増えた。

以前ほど、自分の特性を持て余さなくなってはいたが、感覚過敏は相変わらずひどいままだった。

だから、些細なことで発熱したり、不眠がひどくなったりしていた。

薬はちっとも手放せそうになく、低空飛行の状態が続いていた。

悪くなるわけではないが、よくもならず、もどかしい日々が過ぎていった。

考えようによっては、現状維持していたのだから、よしとしなければいけないのかもしれない。

でも、私は満足できないものがあった。

よくなりたい。

その思いが、私の中に常にあった。

そうしていくつかの仕事を終え、何度目かの上京の時、私はふと横浜に転居することを思いついた。

その思いつきは、今考えればとてつもなく衝動的なものだったように感じる。

でも、当時は福祉先進地域の横浜に転居すれば、もっといい未来が拓けるように思えたのだ。


私の決意に、周囲は反対しなかった。

それは、私自身が「大丈夫だよ」と言っていたからだろう。

本人がそう言うなら。

周囲はそのように考えたようだった。

発達障害者本人の、少なくとも私の「大丈夫」という言葉ほど当てにならないものはない。

しかし、まだそんなことは誰も知らないのであった。

墜落

横浜に転居してしばらくすると、私はあることをきっかけに、幻覚をみるようになった（詳しいことは、『自閉っ子は、早期診断がお好き』（花風社／二〇〇七）という本に書かれている）。

それは、もともと私が持っていた、巨人のいる世界観が原因で起こっていた。

私は、この世には神様がいて「人生」のシナリオを書いていると思っていた。

私の人生の主人公は私で、そのシナリオは神様のパシリである巨人が送ってくるのだと信じて生きてきた。

巨人は私たちを高性能のコントローラーで動かし、空から見ている。

でも、私は唯一巨人の存在を知っていて、だから自分は魔女なのだと思っていた。

そんな世界の見え方を抱えたまま、私はのこのこと、横浜まで出てきてしまっていた。

低空飛行だった私の脳みそが墜落するまでの時間は、そう長くはなかった。

私は、錯乱状態に陥った。

幻覚のせいで攻撃的になっていた。

一方で、ウツも襲ってきた。

夜、アパートに一人になると、得体の知れない不安が襲ってくる。

それが怖くてたまらず、深夜の住宅街を徘徊した。

うら若い女性が、真夜中に徘徊することの方がよっぽど怖いと思うが、当時はそれが分からないほど混乱していた。

食事もうけつけなくなり、数日間何も食べない状態だった。

私はずっと幻をみていた。

幻の中に、巨人からのメッセージが隠されていると思い込み、必死に読解を試みていた。

その光には、法則があった。

点滅するのだ。


点滅する光など、都会に出れば山のようにある。

空を飛ぶ飛行機。

青から赤に変わる前には、信号機だって光る。

ちかちか。

点ったり消えたりする明かりを見つけては、そこにあるはずもないメッセージを読み取ろうとしていた。


どこまで光は続くのだろう？

それを確かめるために、私は歩きまくった。

結局、田園都市線沿線を三駅分くらい往復していた。

坂道だらけの街。

空腹で、意識は朦朧としていた。

どこまで行っても、巨人からの伝言は読み解けない。

だから、毎日毎日、同じような場所を歩き回った。


どうしてこんなに調子が崩れたのか？

その理由のひとつに、薬ののみ忘れがあった。

慣れない土地での一人暮らしのせいで、私の日常は慌ただしかった。

いつの間にか、薬をのむことを忘れていた。

一日、二日。

だんだん、調子は悪くなっていった。


数日経つと、耳鳴りやめまいが私を襲うようになった。

薬をのみ忘れていることに気づけなかった私にとっては、すべてが原因不明の出来事だった。

それらは、パキシルの中断症状だったのだ。

それに加えて起きている幻覚や幻聴。

私は、死ぬのではないかと思った。

そして、たくさんの人に迷惑をかけて、最終的に救急車で病院に担ぎ込まれた。

強制送還

ベランダのマリーゴールドが死にかけていた。
水をあげないといけない。
薄れゆく意識の中、私はそう思っていた。
両親が横浜まで駆けつけ、色々な手続きに追われていた。
予定されていた講演はすべてキャンセル。
私は実家へ強制的に連れ戻されることになった。

心の中で、自分はもうだめなのだ、と思っていた。
大勢の人が関わってくださり、なんとか無事に生きてはいたが、すっかり嫌われてしまっただろう、と落ち込んでいた。

自分一人では起き上がれないほど弱り、涙だけがこぼれた。
歩き疲れ、目にしてきた風景は悪夢となり私を襲った。
服薬を再開したが、思うように効き目はあらわれなかった。
そうして数日が経ち、私は実家へ戻った。

帰りの新幹線の中でも、相変わらず点滅に反応する自分がいた。
新横浜から博多までの距離が、衰弱した身体にひどくこたえた。
終点に到着した時は、車椅子でしか移動できない状態になっていた。
そこから車でさらに二時間。
家にたどり着いた時、私は虫の息だった。

未来ははかなくなりつつあった。
希望を託して乗り込んだ横浜の地。
鏡をのぞくと、死にかけの自分が泣きはらした目をしていた。
これは、一体誰なのだろう。

発達障害と判明する、ずっと前に闘病していた自分の方が、もっといい顔をしていた。

もう、本当にダメなのかもしれない。
そう思った瞬間、私は大声をあげて泣いた。
泣いても、泣いても、涙は枯れず、それどころか一層あふれてくる。
走馬灯のように駆けめぐる横浜の景色が、私をさらにどん底へと叩き落とした。
脳裏に焼き付いて離れない風景。
二度とみることはできないのだ、とその時は思っていた。

セロクエルとの出会い

横浜で薬をのみ忘れていたせいで、結果的に服用量は前よりも大幅に増えることになった。

実家に戻り、ほぼ寝たきりの状態になった。

ショックで痩せ衰え、体重は三七キロ。

髪の毛が生えてくる感覚も気持ちが悪く、短く刈り込んで、まるで子ザルのような頭になった。

全く眠れず、幻覚は続いていた。

食事をほとんど受けつけず、誰もが衰弱死するのではないか、と思っていた。

医者でさえ、それを恐れていた。


私は毎日泣いて過ごした。

ただ、未来に希望を持ちたくて転居しただけだったのに、こんな事態に陥ってしまうとは思ってもみないことだった。

花風社の編集者、浅見淳子さんのすすめもあり、その後私は、地元にある、自閉症に特化した支援を行う施設にお世話になることになった。

でも、私は乗り気ではなかった。

幻覚が続くせいで、人を素直に信じられなくなっていた。

その頃、病院では新しい薬を処方されることになった。

セロクエルという薬だった。

当時はどういう薬か知らずにのんでいたが、最近調べてみたら、幻覚や妄想を抑える薬だと書いてあった。

受診の際に、自分から幻覚や幻聴があるなどと言ったことはない。

だが、さすが長年世話をしてくださっている主治医だけあって、最適の薬を処方してくださっていたのだな、と思った。

主治医からも、支援を受けることをすすめられた。

両親の負担を少しでも減らすことができる、という言葉で、私は支援を受けようと決意した。


セロクエルをのみ始めてしばらく経つと、徐々に私の幻覚は減り始めた。

もちろん、自分でも幻覚を見ないようにする努力はした。

何か感じるたびに、「あれは幻。現実じゃない」と言い聞かせるようにしていた。

自らの主観は、徹底的に無視した。

そうすることで、徐々にだが、世界の見え方は平常に戻っていった。

支援を受けつつ、自分はもう大丈夫だと感じられるようになったのは、薬をのみ始めて一年くらい経った頃だった。


セロクエルは確実に効いていた。

幻覚や妄想は消え、精神状態も安定してきた。

だが、いいことばかりではなかった。

以前にも増して、就寝前の過食が私を襲うようになっていた。

異常なまでの食欲を、誰も止めることはできなかった。

自立訓練

支援を受けるようになって、最初のうちは、実家から支援施設に通っていた。

まだ、親元を離れるには不安定過ぎた。

カウンセリングを受け、アドバイスをもらい、実家に帰る。

それをどれくらい繰り返しただろう？

何度か実際にカウンセラーの方にお会いすることで、支援に対する不安も減っていった。

自閉的な世界観の修正をしていくうちに、幻覚や幻聴は完全になくなった。

しばらくすると、私の自立訓練が始まった。


実家から車で一時間ほどの場所で一人暮らしを再開した私だったが、訓練は順調には運ばなかった。

私は、自立の定義がよく分かっていなかったし、それに、まだ親元にいたかった。

二〇代半ばになっていたが、もう少し親に甘えたかった。

ずっと仲たがいしていた親とうまくいくようになり、ようやく愛情を感じられるようになっていた。

自分なりに、心を育て直している最中に、自立訓練を言い渡され、戸惑いがあった。

だから、私はしょっちゅう実家に戻っていた。

そのことを、カウンセラーによく叱られていた。


私はとても不安だった。

寂しくもあった。

一日のうちの大半の時間を持て余していた上に、行われる支援は週一回のカウンセリングのみ。

視覚支援の必要性を説かれ、スケジュールを作成してみたものの、その八割は空欄だった。

自立訓練を無理して行っていると、どうしてもウツになった。

だから、薬はちっとも減らなかった。


さらに、過食の副作用が襲い、不健康な食生活が幕を開けた。

一人で暮らすようになり、誰も過食を止めてくれない。

ストックされている非常食を一晩で食べてしまうので、しょっちゅう買い足さなければいけなくなった。

次第に、私は非常食を置かないようになった。

あればあるだけ食べてしまうからだ。


でも、それはそれで別の問題を生んだ。

食べるものがないと、買いに出かけてしまうようになったのだ。

真夜中に、しかも薬が効いた状態で、だ。

記憶はない。

でも、あるはずのない食べ物の空袋が散乱していて、財布の中を確認すると、レシートが残っているのだ。


階段から落ちたらどうするのか!?

車にひかれる恐れだって、まったくないとは言えない。

散らかったごみを見つめ、私は恐怖におののいた。

セロクエルをのむのが怖くなった。

だが、服用を中止してまた幻覚があらわれたらどうしよう？

結局、私はなかなかセロクエルをやめられなかった。


なんとか試行錯誤して最初の年を乗り切ったのだが、この後、別のアパートへの引っ越しを機に、私は再びどん底生活に戻ることになった。

途中からは実家に帰ることを制限され、引きこもりの数か月間を過ごした。

私は納得がいかず、カウンセリングにも通わなくなった。

話を聞いてもらうだけでは、物事は前に進まない。

受けている食事支援も、どこかの弁当が渡されるだけ。

私が反抗的になってから、明らかにスタッフの態度は変わった。

私は悩みに悩んで、自殺未遂を起こした。

持っていた薬を、あるだけのんだのだ。

襲い来る過食

でも、薬は致死量には到底足りず、強烈にだるくなっただけだった。

私は耐えられず、両親に打ち明けた。

支援に対する不満。

ここ数か月の扱い。

そして、薬をあるだけのんでしまったこと。

年末を迎え、実家に帰省の許可が出たので、私は逃げるようにしてアパートを後にした。

実は、不安定になったその数か月、私はこれまでとは段違いにすさまじい過食に悩まされていた。

のちに知ったのだが、セロクエルは過食になる薬で有名らしい。

とにかく、私は食べに食べて、三か月で一三キロ太ってしまった。

前述したが、毎晩のように近所にある二四時間営業のスーパーでお菓子類を買い込み、むさぼり食べていた。

一晩にアイスクリームを五個くらい食べたり、スナック菓子を何袋も開けたりしていた。


私は私なりに、買い置きの非常食に気を配っていた。

できるだけ体に悪くないものを買うようにしていた。

バランス栄養食とか、こんにゃくゼリーとか、なるだけ体に害のなさそうなものを買い置きしていた。

でも、その時の過食では、体に悪いものばかりを食べていた。

糖分も塩分も、考えなしに摂取した。

その三か月で、一生分のお菓子を食べたのではないか、と思えるほどだった。

過度のストレスが大きな要因だと思う。

行き詰った支援に嫌気がさしていたが、発散する場所がなく、私は極度の過食に走った。

それまでの過食とは、レベルが違った。
食べると、驚くほど胸のつかえがとれるのを感じていた。
でも、そんな生活が体にいいわけがなかった。
結果、一三キロも肥大化し、血液検査は異常値をたたき出した。

もう、こんな生活は嫌だ。
そう思って、私は支援施設を離れることを決めた。
家族の誰も反対しなかった。
二〇〇六年の一二月のことだった。

年が明け、私はカウンセラーに支援を打ち切ってもらうことを告げた。
支援のおかげでよくなったことはたくさんある。
自閉の世界観が変わったのは、支援のおかげだ。
様々な出会いにより、フラッシュバックしていた記憶を上書きすることもできた。

心からの感謝はあったが、これ以上施設と関われば、自分の身を滅ぼすという確信もあった。

だから、私は迷いなく支援されることを卒業した。

再スタート

体重の著しい増加をきっかけに、私はセロクエルをのむことをやめた。

もはや、幻覚も幻聴もなかったので、主治医はすぐ処方を打ち切ってくれた。

この時期はあまりうまく眠ることができなくなっていて、新しい薬としてレスリンが加えられた。

デパスものんでいた。

一時的に、薬が以前よりも増えていた。

薬は増加したが、調子はだんだん取り戻しているようだった。

私は二〇〇七年になるとすぐ、自分で就労活動を始めた。

もちろん、すぐに仕事に結びつくことはできなかったが、なんとかして社会に出ようと努力していた。

ウツの症状もあり、時々思い出したかのように引きこもることもあった。

だけど、私はウツの波乗りが人より上手だった。

そして、職安で障害者職業センターの存在を知ることになった。

この職業センターとの出会いで、私の運命は変わったと言っても過言ではない。

一月に障害者職業センターを見学したあと、四月には週一で通うようになった。

職業センターでは、作業だけではなく、カウンセリングもきちんと時間をとって行われていた。

私は、ストレスの対処法マニュアルを、カウンセラーの先生と一緒に作ったりした。

色々な案を出してもらい、自分がどうすれば安心できるのか、表にまとめたりした。

疲労度合いを数値化したり、毎日の健康状態を日誌につけたり、支援施設でも教わらなかったことをやった。

当時、実家で生活をしていたが、佐賀市内にもアパートを借りていて、センターに通う前の日から宿泊をするようにしていた。

その頃には、自分の中で、すっかり親の愛情も満ち足り、巣立てそうな気持ちになっていた。


過食がまったくなくなるということはなかった。

でも、以前に比べればまあよしとしなければいけないレベルだった。

枕元にソイジョイを用意し、眠る。

食べていない日もあれば、残骸がベッド脇に落ちていることもあった。

体重は五キロほど減った。

五キロ痩せてようやく標準体重に近くなったが、もとが痩せすぎていたせいもあり、体感は「まだまだ巨漢」という感じだった。

私は徐々に、センターに通う日も増やしていった。

そして、週に五日アパートで一人暮らしをするようになった。

センターでは、一緒に作業をする仲間もでき、楽しい時間を過ごすことができた。

今までのどの活動より身が入ったし、実際、体力も気力も充実させることができたと思う。

やがて一年が経過し、私は次のステップに移ることになった。

B型作業所に週五日のペースで通うようになったのだ。

長い戦いを乗り越えた先

その後、B型作業所に通うようになった私は、安定した一人暮らし生活を送っていた。

心地よい疲れを体が覚え、前よりもうまく眠れるようになっていた。

薬の種類に大きな変化はなかったが、少しずつ服用量が減っていった。

種類や量が増えるということはなくなっていた。

投薬治療を開始して、十数年。

ここにきて、ようやく落ち着きを見せ始めた。


作業所には二年間通った。

支援先は社会に出るための通過点でしかないと考えていた私だから、一生お世話になるつもりはなかった。

さらに体力をつけ、週五日どこかに通えるようになるという目的をほぼ達成できた私は、さらに上を目指した。

一般就労だ。

それでも、そこに至るまでには紆余曲折があった。

決して、一筋縄ではいかなかった。

でも、私はやってのけた。

これまで、幾度となく辛いことを乗り越えてきた私は、確実に強くなっていた。

その間、薬は少しずつ減った。
レスリンがなくなり、ハルシオンの量が半分になった。

そして、何度か転職し、今の仕事を七年続けている。
登録販売者の資格も取得した。
今ではもう、以前のように、病的な不安に襲われることはほとんどない。
気分の波もなく、ものすごく安定している。

しかし、過食だけはおさまらなかった。
体重は増え続け、体にも負担がかかっていた。
本腰を入れて、ダイエットというものに取り組むべきなのでは。
そう思ったので、私は地元の相談薬局に勤める管理薬剤師の先生に相談をした。
すると、過食の原因は、やはり向精神薬とのことだった。
ダイエットをして一時的に痩せることは可能だとおっしゃった。
服薬を続けている限り、過食はなくならないだろう。

のんでいる薬は、覚せい剤だと考えていいとおっしゃった。

脳に「お腹が減った」という錯覚を起こさせ、そのせいで食べ続ける。

その悪循環がなくならない限り、ダイエットをしても体重の増減を繰り返すだけだろうと教えてくださった。

正直に言うと、ショックだった。

どうやら、脂溶性である薬の成分のほとんどは体の脂肪に蓄積されているらしい。

今までのんできた分を体の中にずっしり溜め込んできているのかと想像すると、ものすごくぞっとした。


どうやら、私の闘いは、新しいステージに突入したようだった。

薬をやめたい。

心の底からそう思った。

しかし、私は一九九五年から精神科の薬をのみ二〇年近くパキシルをのんでいる。

長い闘いになるかもしれない。

だけど、それは価値のある闘いのはずだ。

私は覚悟を決めた。

第三部

断薬への道

減薬に挑戦

いつの間にか、薬を服用することに慣れ、疑問を抱くことがなくなっていた。

もう、ずっと体調は安定していたのに、いつまでも薬をのみ続けていた。

もちろん、薬を減らして気分が落ち込むことが怖い、ということは考えた。

でも、そうなればその時に対応すればいいことだ。

私は、主治医に減薬したいことを申し出た。


これまでも、減薬してみようかという話は幾度か出た。

ただ、できるだけ安定した状態を保ちたかった私は、いつも先送りにしていた。

薬があるから平常心でいられるのか、それとも、なくても落ち着いているのか、どちらか分からなかった。

主治医とは、よく話し合った。

私は服薬年数が長いので、慎重に薬を抜いていくことになった。

体重増加がきっかけになって、私は減薬に挑むことになった。


減薬をはじめて一〇日くらいは仕事に出ていた。

でも、正直言って、中断症状のある中で仕事を続けるのはしんどかった。

以前、横浜で薬をのみ忘れた時と同じように、めまいや吐き気、耳鳴りが続いた。

覚悟はしていたが、とても具合が悪かった。

だから、一か月間の休職を願い出た。

集中力を欠いた状態で医薬品販売に携わりたくなかったし、何より体がいうことをきかなかった。


休職するのはこれが初めてだった。

五ミリ抜いても、こんなに大変だなんて。

私は、本当に減薬をやり遂げられるのか不安になった。

少しでも楽になりたくて始めた投薬治療だったが、自分でもこんなに長い期間薬をのみ続けることになるとは思っていなかった。

そのことが、今さらながら悔やまれた。


どうして安易に服薬を続けてしまったのか。

しかし、薬のおかげで困難を乗り越えられてきたのも事実である。

どこにもぶつけようのない、怒りと後悔の念。

でも私は、それらに負けるわけにはいかない、と気持ちを奮い立たせた。


どんなに過去のことを悔やんでも仕方がない。

そして、私には薬が必要な時が確かにあった。

大事なのは、今回の減薬を成功させるということだ。

気持ちを切り替えて、私は減薬を続けた。

もしもの時、いつでも薬の量を戻せるように、念のために処方されている頓服には手を付けなかった。

一日一日、薬を減らした状態に体が慣れていこうとしているのが分かった。

前日に比べればめまいが少ないとか、耳鳴りがしないとか、今日はご飯が食べられるくらい元気だとか。

少しの変化でも嬉しかった。

一九九五年から続いている投薬治療。

ずっとのみ続けるだけだった薬を、わずかではあるが減らしている。

その事実は、私を勇気づけた。

自分を見つめ直す機会

パキシルを一週間で五ミリずつ減らし、とりあえず、一〇ミリまでもっていくことが目標だった。

最初の週は、具合の悪さに圧倒された。

でも、気分の変動はなかったように思う。

ひどく落ち込んだり、ウツになったりはしなかった。
だから私は、もしかしたら薬はいらない体になっているのかもしれないと思った。
すると、さらに希望が持てた。
そういうわけで、不思議と具合の悪さが我慢できるようになった。

五ミリの減量で、一週間くらい中断症状が出た。
二回目の減量の時は、思いのほか症状は出なかった。
だから、比較的元気に過ごせたと思う。
家の手伝いができたし、有料で受講している登録販売者のネット講座にも参加できた。
減薬を開始してから半月ほど経つと、過食が少しだけ減ったのが分かった。
三回目の減薬で、パキシルの量は一五ミリになった。
この時は、結構長く中断症状があらわれた。

二週間、私はずっと具合が悪かった。

好きな音楽を聴いたりすることはあったが、テレビはみられなかった。

なかなか気晴らしができず、少しナーバスになった。

二回目にほとんど症状が出なかった分、久しぶりに感じる中断症状がきつかった。


だから、二週間一五ミリを続けることにした。

本当は、一週間で次の段階に移りたかったが、慎重にやっていくことを条件に減薬をしている。

勝手に減らすことはせず、一五ミリを維持した。

あと五ミリで目標のミリ数になる。

早く体が慣れたらいいのにと気が急いたが、焦らないように、自分の気持ちをセーブした。


ようやく一五ミリに慣れ、今回の減薬の最終段階に入った。

トレイの上の薬が、目に見えて減っている。

それがたまらなく嬉しかった。

思えば、発達障害と判明してから、相当の駆け足でここまで来ていた。

息つく暇もないほど、猛スピードで走り抜けてきた。

特に、就労をかなえるために死に物狂いで頑張ってきたし、就労してからは、一心不乱に仕事をこなしてきた。

一か月という長い休みを得て、私は改めて自分を見つめ直してみた。

そして、これからどう進んでいくべきか、よく考えた。

実感

最終的に、私がのんでいるパキシルの量は、一〇ミリまで減った。

第一次減薬は成功した。

過食はほとんどなくなり、特にダイエットをしたわけでもないのに、一か月で体重が三キロ減った。

この状態をしばらく維持して、さらに減薬に挑戦したい旨を主治医に伝えた。

とても清々しい気分だ。


もう、早いうちにウツやパニックは治っていたのかもしれないが、薬をのみ続けていた。

長い間服薬していると、それが当たり前になってしまう。

薬をのんでいるということに疑問を感じなくなってしまう。

私の場合は、そうだった。

でも、それは結構危険なことだと思う。

たまたま、健康を害するくらい太ってしまったという現実がなければ、減薬をしようという気持ちにはならなかったかもしれない。

薬に対する危機意識はとても薄かった。


こんなに長くのんでいるのにもかかわらず、だ。

いや、かえって長くのんでいるからこそ、慣れが生じて危機意識が薄かったのかもしれない。

さらに、パキシルは不快な症状が少なかったため、いつのまにか「薬は怖いもの」という思いが消えてしまっていた。

とても恐ろしいことだと思う。

知らないところで薬は体の中に蓄積し、牙をむいていたというのに。

一か月の休職が終わり、事務手続きの都合上、数日間、休みは延長された。

病院からの診断書では六月から職場復帰することになっていたが、店長の要望で一週間早めに復職した。

みんな、温かく迎えてくれた。

その後の生活に支障はない。

今まで通り、一生懸命仕事をしている。

薬に頼らずにすむなら、それに越したことはない。

私はこの数年で、明らかに発達し、二次障害だけではなく、一次障害も軽減している。

いわゆる、病的なウツやパニックは起こさなくなった。

これを私は、「治る」と呼んでいる。

反論したい人はたくさんいるようだ。

でも、構わない。

私は自分の実感として、「治った」という言葉を使っている。


劇的に弱かった私の身体感覚を、他人が味わうことはできない。

一目見て、体の弱い人だとは理解できても、私の感覚までは誰も感じられない。

それは、当然だ。

誰だって、体は自分のものしか持っていないのだから。

だとしたら、私が「治った」という感覚も、同じように治った経験のある人にしか理解できないのだろうと思う。

最近、そう思うようになった。

だから私は、ひとつの情報として、「治った」ということを伝えようと思う。

服用することへの疑問を持つ

発達障害は、治る時代に突入した。

脳の機能障害から神経発達障害へと定義も変わり、末梢神経・中枢神経への働きかけで症状はいくらでも減らせるようになった。

私は、発達障害の自分が嫌いではないけれど、足を引っ張っている感覚過敏やウツ、その他諸々が大嫌いだった。

それらの忌まわしい障害物が消えるなら、どんな方法でも試してみようと思った。

今までは、薬でそれらをごまかしてきた。

でも、もう薬には、できるだけ頼らないで生きていきたい。

幸い、今の世の中には、感覚過敏やウツ、パニックをなくせる方法がたくさんある。

その中のひとつが、栗本啓司さんの本にあるコンディショニング＝言葉以前のアプローチだ。

私も、大いに参考にさせてもらっている。

神経発達の障害ならば、神経を育て直せばいい。

そして、そのやり方を分かりやすく教えてくれるのが、栗本さんのご本だと思う。

金魚体操や、目のホットタオル。

手軽に試せて、効果は抜群。

強張っていた体は緩むことを覚え、リラックスするということがどういう状態なのか、自分の体でようやく味わうことができた。

力の出し入れも、自由にできるようになった。

週五で働き、勉強も遊びも仕事も楽しんでいる。

今の私は、疲れたら寝て、翌日には回復する。

まだ、ほんの少し薬の力も借りているが、いずれは断薬も視野に入れている。

そのためにできることは、たくさんある。

薬に頼りきりだった三〇年余りの年月。

そのせいで、体には大きな負担をかけてしまった。


長い間服薬している発達障害者は多いだろう。

でも、本当にその薬が自分に必要なものなのか、改めて考えてほしい。

もちろん、必要な時に薬に頼ることは悪いことではない。

ただ、私のように、よくなっていても服薬が習慣化し、そのことに疑問を感じずのみ続けている人もいるのではないかと思う。

そんな人たちには、体の本当の声を聞いてほしいと思う。

原因不明の不調は、投薬のせいかもしれない。


小さなお子さんへの投薬治療を考えている親御さんがいたら、安易に決定を下さないでほしいと思う。

投薬は最終手段だ。

その手前でできることは、今の時代、たくさんある。

私が投薬を開始したのは高校生の頃だったが、それくらい大きくなっていても、薬に関して無知だった。

精神にトラブルを抱え、結果、薬をのむことになったのは、家族の中で私が初めてだ。

だから、親も薬に対しての知識が全くなかった。

また、インターネットも普及しておらず、簡単に調べたりできる時代ではなかった。


風邪薬を処方される感覚で、私は向精神薬をのみ始めた。

ウツが「心の風邪」と呼ばれ始めた頃だった。

自分は病気なのだ。

だったら、放っておくより、病院に行って薬をのんだ方がいいだろう。

そう思っていた。

金魚体操も知らなければ、ホットタオルも試したことがない。

私がウツやパニック障害を発症した頃には、まだ言葉以前のアプローチは知られていなかった。

もし、あの時代にそれらがあったなら、私は投薬治療を開始する前に、そのアプローチを試しただろう。

薬を投与され、落ち着きを取り戻した私は、同時に、イキイキとした活力を失っていた。

常に眠気があり、ボーっとしていた。

薬は諸刃の剣なのだ。

それは、使ったことがある人間にしか分からないと思う。

自分で選べる時代へ

薬を抜けば、またウツに戻ってしまうのではないか、という恐れは取り越し苦労だった。

結果的に、私は薬を減らして調子がよくなった。

薬を減らしたいという希望に寄り添ってくれる主治医にお世話になっていたことも、幸運の要素だったと思う。

このまま、一生薬をのみ続けなければいけないのか？

そういう不安は、減薬に成功したことでかなり減った。

なにより、薬がたくさん必要ない体になってきたことが嬉しくて仕方がない。

この先も、どんどん薬を減らし、健康状態を維持できるようにコンディショニングに励みたい。

気持ちいい感覚を突き詰めていけば、おのずと体は緩んでいく。

私は、ガチガチでいつも緊張状態だった。

それが、栗本啓司さんの本が出て、コンディショニングに出会ったことで、ほどよく緩み、力の出し入れも上手になった。

前よりも、体が出す要求に気づけるようにもなっている。

減薬するかしないか、それは自分が決めることだ。

でも、減薬は必ず主治医のもと、指導を受けながら行われることが大事だ。

中には、製薬会社との絡みで、やたらと薬をすすめてくる医者もいるかもしれない。

大人の事情はよく分からない。

ただ、基本、薬は体にとっては有害なものだ。

そのことをきちんと覚えておいた方がいい。

不必要な薬をのみたがる人は、きっといないだろう。

登録販売者になり、薬の勉強をしていると、体にとって服薬がどれほど負担になるかがよく分かる。

私は自分の意思で薬を減らした。

極度の肥満が減薬のきっかけになった。

肥満というのは、体からの知らせだ。

体が発している合図に耳を澄ませ、どうすれば体が安心するかを考えて出した答えが減薬だった。

そういう合図に気づけるようになったのは、体から無駄な緊張が抜けたからだろう。

そんな体は、誰でも手にすることができる。

手にするかどうか。

決めるのは、自分自身だ。


薬しか頼る方法がなかった時代と違い、今はたくさんの手段がある。

そのことをまず知ってほしい。

そのためには、情報収集が大切になる。

本を読むのも、ひとつの手だろう。

自分の目で確かめ、自分の頭で考え、何を選ぶべきか、自分で決める。

それはとても大事なことだ。


私自身、薬に頼りきりの人生を過ごしてきた。

長い間、特に疑問を抱くこともなく、服薬を続けてきた。

なぜなら、薬が体に合っていたからだ。

重い副作用がなく気分の安定もみられることで、いつしか「この状態をキープできたらベスト」という考え方が生まれた。

何がベストなのだ、と今では思う。

毒を体の中に入れていることをすっかりないものにして考えていた。


薬を使っている限り、いくら安定していてもそれはベストの状態ではない。

一番はやはり、薬がいらない体になることなのだ。

私は栄養療法を取り入れたり、言葉以前のアプローチに取り組んだりしている。

そして、それらは驚くべき効果をあらわしていると思う。

食生活

第一次減薬が完了してから数か月が経った。

体調はすこぶる良い。

謎の過食はずっと姿をあらわしていないし、ジャンクなものを食べたいという衝動もどこかに行ってしまった。

今は食事に気をつかっている。

白米しか食べられなかった私だが、一大決心をして雑穀米を食べるようになった。

ビタミンやミネラルをちゃんと摂取しようという気持ちになっている。

私の食生活は、どちらかというと乱れていた。

偏食はある程度治ったが、それでも食べられずに残すものが多かった。

魚は刺身しか食べられなかった。

最近は、それを改めようとしている。

せっかく薬を減らして健康体に近づいたのだから、さらにクリーンな体を作りたいと思っている。


主食、副食をバランスよく食べることが、今の一番の課題だ。

魚が苦手だが、肉が好きというわけでもない。

私は食事が得意ではなかった。

長い間、食べること自体にトラブルを抱えていたので、実は何が好きなのか、よく把握できていないところがある。

食わず嫌いも多いだろう。


とりあえず、ファストフードやジャンクなものを食べて生き延びてきた。

一日のうちに摂取するものが、マーブルチョコとはちみつ、それからカットフルーツだけだった私だ。

食に関することは、まだまだ、伸びしろがあるはずだ。

キーワードはセロトニン。

パキシルは選択的セロトニン再取り込み阻止剤だ。

一般的に、ウツはセロトニンの欠乏によって引き起こされるとされている。

それならば、セロトニンを増やせばよいではないか。

そう考えた私は、栄養療法を取り入れることにした。

いかに普段の食事の中でセロトニンを増やせるか、試しているところだ。


マルチビタミンや鉄の摂取も続けている。

プロテインも飲むようになった。

栄養療法に疑問を呈する人も多いが、私は試す価値があると感じたから続けている。

以前のような、めちゃくちゃな食生活と違い、三食をバランスよく食べるように心がけている。

食べられるものも、うんと増えた。

何より、体が喜んでいる感じがする。


そして、私は第二次減薬に挑戦することにした。

今度は、パキシルを完全になくすことが目標だ。

二〇一九年二月、私は現在の服用量一〇ミリから、さらに五ミリ減らして投与を行うことになった。

かつてない苦しさ

主治医の話では、一〇ミリまで減らせた現在、さらにミリ数を減らしても、そんなにひどい中断症状は出ないだろうということだった。

それなら、休職はせずに薬を減らしていける。

そういうわけで、私は仕事に出つつ、投薬量を減らした。

五ミリに変更して二日が経過した。

すると、これまで経験したことがないような体調の悪さが襲ってきた。

症状自体は、以前の中断症状と同じなのだが、その度合いが全く違っていた。


耳鳴りやめまいに加え、食欲不振や手足のしびれが出た。

ご飯をとれなくなり、無理して食べると吐くこともあった。

それが何日も続いた。

正直に言うと、めげそうだった。

だけど、決して頓服には手を出さなかった。


一〇ミリ、つまり最後の一錠になれば、中断症状はあまり出ないだろう、というのはあくまでも推測なのだ。

人によって症状の出かたは違うし、私のように、最終段階が一番辛かったりもする。

それまでの減薬でも、五ミリずつ減らしていった。

前回、症状がひどかった時があったが、それでもその時は体内に一五ミリは入っていた。

今度は、体内に五ミリ。

量自体がぐんと減っている。

「だから、これまでにない具合の悪さが襲っているのだ」

私はそういう仮説を立てて、自分を納得させようとした。


そこまでの体調の悪さは想定外だった。

先生の言うことと違う。

私は具合の悪さに圧倒され、なぜここまでひどい中断症状に襲われているのか理解できなかった。

そのため、頭が混乱しているのが自分でも分かった。

この混乱を鎮めるには、理屈で納得するのが一番なのだ。

だから、「そもそも体内の薬の量がこれまでになく減っているから、相当具合が悪いに違いない」という仮説を立てた。

それが正しいかどうかは、よく分からない。
でも、その仮説により、頭は冷静さを取り戻した。

あとは、どれだけ根気強くなれるか、だった。
体が少量のパキシルに慣れるまで、前回よりも時間がかかっていた。
頓服を使えば中断症状から解放されるのでは、という考えもよぎった。
それほど、今回感じるめまいや耳鳴りはひどかった。
頓服を使うのは簡単だ。
だけど、使えば使っただけ、将来の目標の断薬からは遠ざかる。

それは、嫌だった。
めまいや耳鳴りの症状以上に、耐えがたかった。
だから、私は頓服を最後まで使わなかった。
一日一日がものすごく長く感じられた。
だが、一〇日を過ぎたあたりから、次第にそれらの症状が落ち着きを見せ始めた。

完全になくなるまでに、さらに時間がかかったが、体は症状を乗り越えようと一生懸命闘っていた。

パキシルよ、さらば！

三月に入り、症状はずいぶん安定してきた。

前回の受診から半月ほどが経っていた。

五ミリにしたすぐの頃に感じていた、すさまじい具合の悪さはすでになくなっていた。

時折、シャンシャンと耳元で音がする以外に不快感はなく、ようやく大丈夫だと思える程度に回復したようだった。

薬を減らしたからといって、特に気分が不安定になるわけでもなく、むしろ清々しい気持ちでいたと思う。

過食はほぼ出ていない。

寝る前にドカ食いをしないからなのか、夜もしっかり眠れていた。

問題の、増えに増えた体重はというと、結果的に一一キロ減っていた。深夜の過食がなくなったことで、自然と落ちたという感じだった。ご飯は普通に食べていたし、特別にダイエットをしていたわけではない。薬の作用で、代謝に問題が生じていたということも考えられる。減薬したことで、代謝が少し正常になった可能性も、なくはない。いずれにしても、薬をやめたことで、体のサイズは健康的になった。

そして、三月の受診日が来た。

私は、先生の許可が出るなら、パキシルを断薬しようと考えていた。気分はもう、ずっといい状態だ。

薬をのむ必要性は、どこにもなかった。

何ものまない状態に体が慣れるまで、また苦しい思いをするかもしれない。だけど、それは乗り越える価値のある苦しみだ。

私に迷いはなかった。

そういうわけで、とうとう二〇年近くのんできたパキシルを断薬することになった。

こんな日が本当に訪れようとは。

やめたい気持ちがあっても、実行するのが難しいのが断薬だ。

だが、私はついにパキシルに別れを告げることが可能になったのだ。

薬をのまなくなって二日ほど経つと、早くも中断症状が出てきた。

ひと月前の減薬の際ほどではないが、不快な症状が私を襲ってきた。

仕事を続けながらなので、体も負担に感じているようだった。

今までにない、発汗や火照りなどもみられた。

ただでさえ、季節の変わり目で自律神経のコントロールが難しい時期。

やはり断薬は容易ではなかった。

しかしながら、気持ちは負けていなかった。

やり遂げるという強い意志を持ち、諸々の症状にぐっと耐えた。

いつもより長めに湯船につかり、金魚体操をやって、体をリラックスさせるように努めた。

大好きな音楽でさえ、聴きたくない日もあった。

不安になったが、胸にホットタオルを当て、深く呼吸をするようにした。

試行錯誤をくり返し、ひとつひとつ問題に対処していった。


薬をのまなくなって数日。

のんでいた時と、気分の波は変わらないことが分かった。

やはり、服薬は必要なくなっていたのだ。

薬をのまずとも精神の安定を維持できるという事実は、私をとても励ました。

リスクを考える

私の体脂肪には薬の成分が蓄積されていると考えられる。

だから、脂肪が分解される時におそらく血液中に放出されるであろう。

薬をやめていても、服薬した時と同じような作用が起こるかもしれない、と管理薬剤師の先生に説明を受けたことがあった。

なんてしつこいのだろう。

心の底から、薬が忌々しく思えた。


私たちの体は数十兆個の細胞からなっている。

そして、それらの細胞は日々生まれ変わり、新陳代謝が正常であれば、三か月ほどで入れ替わるらしい。

ちなみに、脂肪細胞におさめられた体脂肪もちゃんと新陳代謝を行っていて、全身の体脂肪は一年半ほどで入れ替わるという。

だとしたら一年半後、さらに健康的な体になっていられるように、今日からできることがあると思う。


薬を服用している人は多い。

ドラッグストアで接客していても、たまに向精神薬をのんでいるというお客様がいらっしゃる。

それが、子どもだったりすると、こちらも心配になる。

簡単に処方されてしまうのだな、と思わざるを得ない。

自分自身も、長い間、薬をのんできた。

それにより、助けられてきたこともある。それは事実だ。

ただ、長期的に服用することがどういう結果をもたらすのか、よく考えた方がいいと思う。


薬をのむメリットとデメリット。

それをよく吟味してから投薬を開始すればよかったと、今では少し後悔している。

高校時代、あまりの調子の悪さに、よく調べもせずに服薬をスタートしてしまった。

お医者さんの、「薬を出しておきます」という言葉に、何の疑問も持たなかった。

そこから、二三年が経過した。

たった一種類の薬を断つのに、一年近くの時を要した。

根性も必要だった。

薬を体から抜くのに、こんなにも苦労するとは。

本当に苦しい一年間だった。

今さらだが、パキシルの規制区分は劇薬だ。

それだけ薬理作用も強い。

そういう薬を常時体の中に取り込むことは、それなりのリスクが伴う。

大人でも子どもでも、処方される際にそのことを考えられる余裕のある人が、どれくらいいるだろう？

その薬を投与することで、何を得て何を失うか、冷静に考えられる人がどれくらいいるだろう？

パキシルの断薬に成功した今、私はそんなことを考えるようになった。

教育現場において、服薬を勧める教師が増えてきているという話を耳にしたことがある。

よかれと思って受診や投薬治療を勧めている人も、中にはいるのかもしれない。

でも、服薬を強制する教師もいるというから怖い。

そういう教師と、困った症状を抱える子どもの板挟みになると、親御さんは投薬を開始してしまうのだろうな、と想像する。

なんだか、やるせない気持ちになる。

多動や衝動性の強いお子さんが、処方薬により落ち着きを取り戻すことを「いいこと」だと考える人は一定数いるのだろう。

だから、こんなにも薬が重宝される時代になった。

いまや、病院に行けば、当たり前のよう医者が薬を処方する。

ウツやパニックを抱えていても、いい薬があるからと紹介される。

でも、「いい」薬って、何なのだろう?

断薬の苦しみを通り過ぎてきた私は、そう思ってしまうのだ。

原因を取りのぞけ!

それまでのどの薬よりも副作用は少なく、効いている感覚もあったパキシルは、私にとって確かに「いい」薬だったかもしれない。

でも、薬は症状を抑え込むだけで、治しはしない。

あくまでも対症療法で、だから、ずっと服用し続けなければいけなくなる。

無限に続く服薬の輪っかの中。

このまま死ぬまで薬の世話になるのだろうかと思うと、得体の知れぬ恐怖のようなものが私に覆いかぶさるのを感じた。

それ以来、当たり前の行為になってしまっていた服薬に、疑問を抱くようになった。

それに加えての体重増加。

体から発せられるSOS。

私の体は、それらのサインを見逃さなかった。

どうしたら薬を減らせるのかという疑問に答えが出るまで、そう長い時間はかからなかった。

原因を取りのぞけばいいのだ。

言葉以前のアプローチが精神の安定にひと役かっているのは、それまでの経験でよく分かっていた。

金魚体操や目、胸のホットタオル。

それらは、不調を根本的に解決してくれる方法だった。

さらに、食事を改善することも大事だということに気づいた。

ビタミンもミネラルも圧倒的に足りていなかったと思う。

とても小さい頃は、偏食というより、ほとんど食べることをしない子だったという。

子どもの頃は白米と牛のたたきしか食べようとしなかったと母が話していた。

そんな偏った食生活を長年続け、学生時代になるとファストフードばかり食べていた。

それなりに理由はある。

味がいつも同じであることは、気分を安定させていた。

母の作った料理がまずかった時、多少なりとも私の精神はぐらつき、それにより情緒不安定になることはよくあった。

幼い頃の私は、不快な刺激にめっぽう弱かった。

それゆえ、食べるものは既製品。

栄養素無視の食生活は、そうやって幕を開けたのだった。

仮に、子どもの頃の私のような偏食があったとしても、世の中にはサプリメントというものがある。

それらで栄養素を補うことは可能だ。

ビタミン、ミネラルが不足しているならば、満たせばいい。

事実、サプリメントを摂取するようになり、私の体調は良くなった。

そして、それらに後押しされ、私は断薬に挑戦することになった。


原因を取りのぞく方法は、たくさんある。

それらを見落とし、投薬だけに頼りきる人のなんと多いことか。

処方時に、投薬を続けるリスクについてきちんと説明している医者がどれほどいるだろうか？

結局苦しむのは、薬をのんでいる当人だけなのだ。

そのことを理解し、投薬治療がいかにリスクをはらんでいるか、もう一度考えてほしいと思う。

これから

現在、私にはまだ服用を続けている薬がある。
それらを完全に無くすまでには、相当の年月を必要とするだろう。
でも、やってやろうと思う。
どんなに月日がかかっても、いつか全く薬をのまずにすむ日を迎えてやろう、
と思う。

パキシルを断薬して一週間近くが経った。
まだ、中断症状は残っている。
しかし、一〇ミリから五ミリに減らした時よりも、回復が早い。
日に日に体の状態が変わってきているのが分かる。
前回に比べ、食欲もある。
体は食べたもの、つまり吸収した栄養によってできている。

だから、正しい食事は健康的な体作りの基本だと思う。

何かしらの精神症状を抱え、病院を受診すれば、必ず薬が処方される。

それを、何も考えずにのむ人もいれば、楽になりたい一心でのむ人もいるだろう。

私は後者だった。

薬は手っ取り早く症状を抑えてくれる。

だけど、それは決して、問題を解決してくれたわけではない。

薬に頼る前に見直せるところは、たくさんあるはずだ。

それを忘れないでほしいと思う。

あとがき

三月が終わろうとしている。
パキシルを断薬して一二日目の朝だ。
日に日に体が本来の調子を取り戻していることが分かる。
めまいも耳鳴りもなくなって、ついに自転車を解禁した。
春の風に吹かれながら、桜並木を走る。
去年の今頃は、減薬に立ち向かおうと心を決めているところだったと思う。
それから一年。
私はパキシルの断薬に成功した。
強い決意と実行力、根気強さ。

どれが欠けても、断薬は成功しなかっただろう。
また、多くの人たちからの励ましの言葉も、力になった。
だから、これは決して一人で乗り越えた断薬ではないと思っている。

薬を断って一番変化があらわれたのは、睡眠だろう。
毎晩のようにみていた夢をみなくなった。
おそらく熟睡できているのだと思われる。
朝の目覚めは爽快だし、疲れが残っていない。
そして、密かに悩んでいた昼間の強い眠気がないのだ。
日中の活動量は増え、仕事の効率も上がった。
服薬している時には感じられなかった体の軽さもある。
よく眠れているからなのか、頭の中もすっきりしている。
断薬し、体は元の健康な状態に戻ろうと必死に頑張った。
私の体にも、そういう力が残っていた。

それは素直に嬉しかった。

薬をのむようになり、二〇数年。

何も体の中にいれていない状態を、私は感覚として覚えていない。

昼間に襲ってくるだるさや眠気。

それが当たり前になって長い年月が経っていた。

長い間の投薬治療で、失ったものは多い。

その最たるものは、健康体である。


若さあふれる二〇代も、脂ののった三〇代も、私は服薬を続けながら生きてきた。

薬のせいで、本来持つ力を発揮できなかったのではないかと思う。

そう思うのは、中断症状を乗り越えられたこの数日間で、いまだかつてないほど仕事をこなせているからだ。

薬が私を抑えつけていた可能性は、否定できない。

精神の安定と引き換えに、体にはブレーキをかけ続けていたのかもしれない。

ひとつ薬を減らしただけで、これほど実感が伴っている。

精神科を受診する人の割合が増え、それとともに向精神薬をのむ人の数も増えた。

医者は簡単に処方する。

そして、大抵、いい薬だと説明する。

私は、常々彼らに問いたいことがあった。

「あなた、のんだことあるのですか?」と。

彼らは投薬治療をすすめても、何も失わない。

断薬の苦しみも知らないのだ。

やむを得ず、投薬治療が行われることもあるだろう。

投薬のすべてを悪だとは言わない。

だけど、私のように漫然と服薬を続けている人がいたら、ここから警鐘を鳴らしたい。

この本が、そのきっかけになればいいと思う。

揺れる桜の木々。
去年と同じ景色を、これまでとは少し違う私が見つめている。

著者紹介

藤家寛子（ふじいえ・ひろこ）

1979年生まれ。作家。

青春時代より重い精神症状・身体症状に悩まされる。生きづらさから解離性障害を発し、のちにアスペルガー症候群と診断される。

その後、アスペルガーのリアルな姿を語ったニキ・リンコとの共著『自閉っ子、こういう風にできてます！』がベストセラーとなる。その他に自閉の少女を内面から綴った童話『あの扉のむこうへ』、混乱した世界観からの回復を綴った『自閉っ子は、早期診断がお好き』、支援を上手に利用して回復していく途上を綴った『自閉っ子的心身安定生活！』などの著作がある。

そして見事に心身回復し社会人として就職するまでを『30歳からの社会人デビュー』（いずれも花風社）にまとめた。現在は故郷の佐賀県で販売員として勤務しながら、充実した日々を送っている。

断《だん》薬《やく》の決《けつ》意《い》

2019年　6月27日　第一刷発行

著者　**藤家寛子**

デザイン　**土屋 光**

発行人　**浅見淳子**

発行所　**株式会社花風社**
〒151-0053 東京都渋谷区代々木2-18-5-4F
Tel：03-5352-0250　Fax：03-5352-0251
Email：mail@kafusha.com　URL：http://www.kafusha.com

印刷・製本　**中央精版印刷株式会社**

ISBN978-4-909100-11-5